Oops & Ohlal

Happy Easter!
Joyeuses Pâques !

Une histoire de Mellow
illustrée par Amélie Graux

Ça y est !
Les cloches
sont passées !

Let's go and find some chocolate eggs!

Yippee! I found a little green egg.

Il y en a plein
par ici.

**J'en ai ramassé huit.
Et toi, tu en as combien ?**

Oops! Zero. I ate mine.

Je n'ai plus de place dans mon panier.

Put one
in your
pocket.

Oh la la ! Tout a fondu.

Regarde :
une poule en
chocolat !

Oops! This is a real egg!

We have ten eggs, two hens and four rabbits.

La version audio de ce livre
est téléchargeable gratuitement sur
www.talentshauts.fr

Conception graphique :

Conception et réalisation sonore : Éditions Benjamins Media - Ludovic Rocca.
Oops : Samuel Thiery, Ohlala : Jasmine Dziadon.

© Talents Hauts, 2012
ISBN : 978-2-36266-043-6
Loi n° 49-956 du 16 juillet 1949 sur les publications destinées à la jeunesse
Dépôt légal : mars 2012
Achevé d'imprimer en Italie par Ercom